Die Liebe ist das Herzstück von Friederike Mayröckers Dichtung, sie ist jener Ur- und Ausnahmezustand, dem nur die Beseelung des Schreibens gleichkommt: Sie verzaubert und beflügelt, enthebt von Raum und Zeit und führt doch mitten ins Dasein. Das Glück aber ist nur gestundet, und das »Liebes-Werk« vor allem dies: »Eine jauchzende Vergeblichkeit, / also.« Die vorliegende Auswahl umfaßt Liebesgedichte aus sechs Jahrzehnten; einige der bewegendsten verdanken sich Mayröckers poetischem Trotz wider den endgültigen Verlust des Geliebten, des 2000 verstorbenen Ernst Jandl.

Friederike Mayröcker, geboren 1924 in Wien, veröffentlichte Lyrik und Prosa, Erzählungen und Hörspiele, Kinderbücher und Bühnenstücke. Sie erhielt zahlreiche Literaturpreise, zuletzt 2001 den Georg-Büchner-Preis.

Ulla Berkéwicz ist Autorin und Verlegerin. Sie veröffentlichte Romane, Erzählungen, Theaterstücke und Essaybände; seit 2003 leitet sie den Suhrkamp Verlag.

insel taschenbuch 3214

Friederike Mayröcker

Liebesgedichte

Friederike Mayröcker
Liebesgedichte

Ausgewählt und mit einem Nachwort
von Ulla Berkéwicz

Insel Verlag

5. Auflage 2025

Erste Auflage 2006
insel taschenbuch 3214
Originalausgabe

Hinweise zu dieser Ausgabe am Schluss des Bandes
Umschlaggestaltung: Michael Hagemann
Satz: Satz-Offizin Hümmer GmbH, Waldbüttelbrunn
Druck: CPI books GmbH, Leck
Printed in Germany
ISBN 978-3-458-34914-3

Insel Verlag Anton Kippenberg GmbH & Co. KG
Torstraße 44, 10119 Berlin
info@insel-verlag.de
www.insel-verlag.de

Liebesgedichte

ich lasse dich nicht du segnest mich denn
ich lobpreise ich lobsinge
ich lobe dich in deinen Monden in deinen
schmalen wiegenden messingfarbenen Monden
die meine Nacht klar machen
ich lobe dich ich preise dich in deinen
Sonnen die übereinanderwogen in deinen
dürstenden Horizonten
ich preise dich in deinen Wiesen in deinen
süszen unberührten wehenden Wiesen in deinen
purpurnen Augustwiesen
ich lobsinge dir in deinem flammenden Wald
in deinem Wald über ihm die wandernden
leichten damastenen Wolken
ich bete dich an in allen deinen Geschöpfen
in deinen flüchtigen hellen ängstlichen blinden
einsamen holden Geschöpfen

22. 9. 46

vorwinterliche Vision

für H. B.

aus wolkigen Fächern
knistern elfenbeinfarbene
Schuppen reigen dich ein
tief über Braue und Blick
bis dein Angesicht weht
wie ein stiller silberner Stern

um 1946/1947

Weise im Mai

die Meszgewänder
der Pfingstrosen
rauschen.
Meine Müdigkeit
schüttet sich aus
wie eine Orgel.
Du säumst
meinen Tag.
Ich wiege
dein Blut.
Wir singen
einander ein.
Leise.

25. 5. 47

Gesang zwischen dir und mir

siehst du den Abendstern?
ich sehe
hörst du den Wind?
ich höre
fühlst du die Ewigkeit?
ich fühle
und dein Name?
nenne mich Nacht
woher kommst du?
aus deiner Einsamkeit
wohin gehst du?
in deine Innigkeit
gib mir die Hand

27. 7. 48

du bist ein fernes Land
gern schrieb ich dir unter den Bäumen
du bist ein fernes Land
mit wem hast du dich geküszt?
du bist ein fernes Land
der Mond ist über den Bäumen
o mein geliebtes Land
die Tage werden still

um 1948

wie nennst du mich?
was für einen Namen gibst du mir,
Flüszchen unter der Erde.

Wenn ich die Augen schliesze
kann ich dich nachzeichnen
Flüszchen unter der Erde.

Ich pause dich ab :
ich bin dein Kopf ich bin dein Herz
ich lebe in zwanzig Fingern.

Vielleicht haben deshalb die Worte
aufgehört hin- und herzuspringen zwischen uns
wenn wir allein sind

vielleicht umarme ich mich selbst
wenn ich dich umarme
vielleicht habe ich mich gespalten :

nein, Flüszchen unter der Erde,
dies ist schon nicht mehr Liebe
sondern vollkommene Auflösung.

um 1948

eine Fuszreise ohne Ende
eine Pilgerfahrt auf den Knien
alle Wege sind bestreut mit Dornen
die Fluszläufe die ich durchqueren musz
habe ich selbst geweint.

Aber deine flüsternde Stimme trägt mich fort
und die beinah verwehte Fuszspur
deiner Liebe.

zwischen 1950 und 1955

eine gelbe Gladiole
ist mein Herz
eine gelbe Perle

ist mein Herz
ein gelber Wald voller
Ahornblätter
ist mein Herz

früher war mein Herz
rot
oder blau
oder grün
oder weisz wie
ein Frühling :

aber jetzt
ist mein Herz gelb.

zwischen 1950 und 1955

mein Auge geht auf eine stille Reise
wenn dein Gesicht in deiner Hand ausruht
(wie Walters von der Vogelweide)
mein Auge geht auf eine stille Reise
zu deinem Auge das sich müde schlieszt
und weilt an deinem schönen Mund
mein Auge geht auf eine stille Reise
zu deiner Wange wunderbar und ernst
zu deiner Hand zu deiner Brust zu deinem Fusz
mein Auge geht auf eine sanfte Reise
zu deinem Herz

zwischen 1950 und 1955

mein federäugiger Liebling!
mein schellenfüsziges Erkerschlöszchen!
meine wunderschöne Osterblume
wie sehr du mich verlassen hast
und jetzt musz ich um dich weinen

weisze Osterblume
kleiner Ostermond
fernes Springwasser meines Herzens
fünfzehntes Schlüsselchen meiner Not
lebwohl ins Frühlingsgrün!

zwischen 1950 und 1955

wie ich dich nenne
wenn ich an dich denke
und du nicht da bist :

meine Walderdbeere
meine Zuckerechse
meine Trosttüte
mein Seidenspinner
mein Sorgenschreck
meine Aurelia
meine Schotterblume
mein Schlummerkind
meine Morgenhand
mein Vielvergesser
mein Fensterkreuz
mein Mondverstecker
mein Silberstab
mein Abendschein
mein Sonnenfaden
mein Rüsselhase
mein Hirschenkopf
meine Hasenpfote
mein Treppenfrosch
mein Lichterkranz
mein Frühlingsdieb
mein Zittergaul
meine Silberschnecke
mein Tintenfasz
mein Besenfuchs

mein Bäumefäller
mein Sturmausreiszer
mein Bärenheger
mein Zähnezeiger
mein Pferdeohr
mein Praterbaum
mein Ringelhorn
meine Affentasche
meine Winterwende
meine Artischocke
meine Mitternacht
mein Rückwärtszähler

(da capo!)

um 1950

wird welken wie Gras · auch meine Hand und die Pupille
wird welken wie Gras · mein Fusz und mein Haar mein stillstes Wort
wird welken wie Gras · dein Mund dein Mund
wird welken wie Gras · dein Schauen in mich
wird welken wie Gras · meine Wange meine Wange und die kleine Blume
die du dort weiszt wird welken wie Gras
wird welken wie Gras · dein Mund dein purpurfarbener Mund
wird welken wie Gras · aber die Nacht aber der Nebel aber die Fülle
wird welken wie Gras wird welken wie Gras

um 1950

da mi basia, da mi basia mille.
Schlafapfel.
Willst du hierbleiben? Ja.
Meine Kehle ist dein.
Da mi basia, da mi basia mille.
Einen Augenblick lang berühren sich
in einer schmerzlichen Schräge
unsere Blicke.
Da mi basia, da mi basia mille.
Du schläfst ohne Traum.

9. 4. 51

was soll ich mit meiner Liebe tun
wohin soll ich mit meiner Liebe gehn
du willst sie nicht
an irgendwen
an irgendwas
geb ich sie fort
und werde doch nicht froh

was soll ich mit meiner Liebe tun
wohin soll ich mit meiner Liebe gehn
wenn du sie nicht willst

21. 4. 54

Ostia wird dich empfangen

ich werde in Ostia sein
ich werde dich dort erwarten
ich werde dich dort umarmen
ich werde deine Hände halten in Ostia
ich werde dort sein
in Ostia
ist die Mündung des Tiber
des alten Flusses

ich werde in Ostia nicht sein
ich werde dich dort nicht erwarten
ich werde dich dort nicht umarmen
ich werde deine Hände nicht halten in Ostia
ich werde nicht dort sein
in Ostia
ist die Mündung des alten Flusses
des Tiber

zwischen 1955 und 1960

als du heute weggingst mein Herz
setzte ich meine Lippen an den Rand deines Glases
als du heute weggingst mein Herz
führte ich meine Hände durch die Täler
die deine Arme in unser Tischtuch gegraben hatten
als du heute weggingst mein Herz
sandte ich meine Tränen als Bächlein das bergauf flieszt
dir nach

zwischen 1955 und 1960

mein Schäfchen mein Schäfer mein Hirte mein
  Königsohn
fände ich einen Namen für meine namenlose Liebe!

mein Schäfchen aus gesponnenem Zucker
geh nicht aus dem Haus
drauszen regnet es!

wenn ich ein groszes Fernrohr hätte und auf das Dach
meines Herzens stiege könnte ich
den federnden Helm deiner Haare sehen

in den Lärchenwäldern von Aspern
wo deine Mühle gemahlen hat
werden wir uns einst wiedersehen

zwischen 1955 und 1960

im Elendsquartier

im Elendsquartier
wo du mir Cummings vorliest
und ich dir Gertrude Stein
auf dem Drudenfusz stehend
dir den Rücken kehrend
die Rauchsäule des begeisterten Geists
steigt kerzengerade :
act I scene I scene 5
im Elendsquartier
unter dem Dach
um die Ecke dort
wo noch die letzte Wasserleitung rinnt
spielt einer Harmonika
und ich gehe mit dem Wasserkrug
ganz nah an seine helle Tür
er spielt Harmonika
du spielst Klavier
auf einem imaginären Instrument
im Elendsquartier
hier bei mir
verbreitet sich rasch die Wärme
nebenan kommt einer heim
ob er glücklich ist
er läutet und streift dabei seine Schuhe ab
könntest du dieser heimkehrende Mann sein
und ich an der hellen Tür innen
hier im Elendsquartier

zischt das Wasser
und die Uhr tickt
und der Wodka von gestern nacht
steht in der Flasche
durch meine Finger flieszen
deine blonden Haare
hier im Elendsquartier
vier Treppen hoch
nisten die Wintertauben
im Elendsquartier
hoch oben in der Nähe des Sturms
spreche ich Cummings nach
the goatfooted balloonman and etcetera
und wünsche mir dasz du kommst

29. 2. 56

gesponnener Zucker

Braut und Bräutigam mit dem Eiffelturm nach Chagall
auf der Bank auf der Vogelbank auf der Federbank
mit dem maszlosen vierbeinigen Eiffelturm
Weichteile aus Stahl
und die Rollfähre in die stimmungsvollen Lüfte
jenseits der Seine
wir wissen schon wo
denn der Frühling kann aus den Büschen kommen
mit den Baszgeigen mit den Luren mit den
Lieblingsglöcknern
an gewöhnlichen Häusern läuten wie an einer
Sturmglocke
durch die Dachglasblase Glasblase mit dem Stachel
der einmal ein Wetterhahn war
der Wetterhahn ist zur Wetterhenne geflogen
und der schwarze Bräutigam fragt die weisze Braut :
willst du das Hühnerei des Wetterhahns ausbrüten
das Entenei mit dem Reiherschnabel mit dem Wollhut
und Lappenbart
das uns so hübsch befördert

so weisz vom Brautschleier bis zu den Fuszsohlen
in der einen Hand einen Strausz Salbei wie einen Fächer
aufgebunden
den Fächer Salbei mit der Hand auf den Schenkel
gedrückt
die andere Hand ist verkürzt und unter der Mitte

dorthin legt der Bräutigam seine Hand
was für liebe Ohren du hast sagt der Bräutigam

und alle Musik aus den Käferbäumen
den Singvögelchen-Kehlen
den Brautfeldern und den Kirchenstämmen
die sich im Westwind biegen
wird zu einer Flüssigkeit
und mit einem groszen Trichter
gieszen sie diese Flüssigkeit
in den Kopf der weiszen Braut
jetzt bin ich nur in meinem Kopf sagt sie
denn ich kann alle Musik in meinem Kopf rinnen hören
auch die gelben Blumen von der Wiese
und die Pappelkätzchen

dann stelzen sie vorüber
drei Wippvögel oder Schwiegerschwestern
stark parfümiert und auf Wurmsuche
auch mit der Anfertigung von kritischen Aufsätzen
  beschäftigt
über die letzte Harfenmusik im Schlehdorn
sie haben braune Augen und erschlaffte Gesichtsmuskel
aber von einigen Wangenfedern verdeckt
und grosze Zähne
und herrliche Beine
und sie lachen drollig
und über die Kieselwege davon

7. 3. 56

manchmal bei irgendwelchen zufälligen Bewegungen
streift meine Hand deine Hand deinen Handrücken
oder mein Körper der in Kleidern steckt lehnt fast ohne
  es zu wissen
einen Augenblick gegen deinen Körper in Kleidern
diese kleinsten beinahe pflanzlichen Bewegungen
dein abgewinkelter Blick und dein Auge absichtlich
  ins Leere wandernd
deine im Ansatz noch unterbrochene Frage wohin fährst
  du im Sommer
was liest du gerade
gehen mir mitten durchs Herz
und durch die Kehle hindurch wie ein süszes Messer
und ich trockne aus wie ein Brunnen in einem heiszen
  Sommer

um 1959

wo du auch hingehst
mit deinen träumenden Füszen
sorgsam hingesetzt in dein gegenwärtiges Leben
seltsam beflügelt jedoch wie Merkurs Fersen
in einer ahnungsvollen Erwartung :

immer wieder werden sich riesige Blöcke von Luft
wie fügsame Herden bewegen lassen durch dich
und auf mich zukommen
alle Regen die je deine Wange treffen werden
kommen zu mir zurück
aufgelöst bist du in jedes Teilchen der Erde
mitgeteilt hast du dich allen schwebenden Wolken
und die Wälder der Blumen sprechen in deiner Sprache

nichts kann dich mehr trennen von meinem Herzen
mit jedem Sonnenstrahl sinkst du in mich
wie ein Same

über alle Wasser hinweg

bis zu den blätternden Sternen der Windrose

zwischen 1960 und 1962

aus deinem Himmel von sanften
Erfüllungen
hinweggenommen in Labyrinthe
unausgesprochener Gedanken und Wünsche
gekreuzt von wolkendichten Schlachtschiffen
mit ungewöhnlicher
Munition :
die nicht-erinnerbare Liebe

die nicht-erinnerbare Liebe kreuzt
lautlos in den blauen Buchten
meines Herzens.

zwischen 1960 und 1962

Todes- und Liebeslied

komm ich führe dich ich geleite dich ich nehme dich mit
in den Lerchenschlag in das beschattete Auge von Siena
in den gemähten Tulpenwald in die sinkenden
  Katakomben
ins gehiszte Blau unseres Himmels in die mühseligen
  Nächte
in die Botschaft der sechzehnten Stunde (mit sanften
  Rufen roten Arien Glassturzgesichtern)

komm ich führe dich ich geleite dich ich nehme dich mit
an meine Schmerzlippe in den Schlaf in das Innere meines
  Herzens
komm ich führe dich wir gehen verschlungene Wege
ich geleite dich du wirst viel weinen
ich nehme dich mit die dunklen Bäume verstellen
  das Licht
komm ich führe dich ich geleite dich ich nehme dich mit
fürchte dich nicht ich werde bei dir sein
komm ich nehme dich mit (Fra Angelico Botticelli
  Primavera der Föhrenwald in der Hand)

mit dir überall hin
ich fürchte mich nicht
mit dir überall hin überall hin

zwischen 1960 und 1962

die marmorne die steinkühle die vorfrühlingsgraue
Zauberei
die ahnungsvolle flügelschlagende Zauberei hat mich
endlich berührt.
Ich erkenne dasz ich nichts mehr vermag gegen sie
als mich ihr hinzugeben mit sinkenden Armen berstenden
Lidern
mit vergeblichen Zauberformeln die niemand
aufgeschrieben hat.
Du hast mich so mächtig verzaubert dasz ich nun nicht
mehr weisz
was ich dir für einen Namen geben soll
ob ich dich rufen darf
ob ich dir mein Lächeln nachsenden soll wie einen Brief
über die Hügel der Stadt
über den nächtlichen Strausz der Sterne
durch den Blasebalg des Winds.
Du hast mich ins Fröhliche verwandelt und strahlend
gemacht
und ich erkenne dasz die schöne Erde bespannt ist
mit deiner Haut
und dein Mund ist ein römischer Brunnen-Mund
und ich kann meine Hand in seine flieszenden Segnungen
legen
und dein Auge von dem ich nie weisz welche Farbe es hat

(ist es honiggelb oder blau wie Nächte im Frühling?)
ist ein Bullauge geworden in einem weiszen Schiff
ein Bullauge grosz und bekränzt mit Meer-Rosen
und mit diesem weiszen Schiff fahren wir weit . .

zwischen 1960 und 1962

zehr ich dich nicht auf?
trink ich dich nicht aus?
Brünnlein liebes

von wo wirst du gespeist?
woher nimmst du die Kraft
deines Strahls?

über die halbe Stadt
saug ich dich an
wie einen Mund

und du bist da :
Tropfen an meinem Fenster
Wange voll Wärme und Wind

8. 12. 1960

die goldenen Demeter-Schuhe :
so ist der Sonnenuntergang im September

ins letzte goldene Auge der Sonne
habe ich mein Gesicht getaucht

mein Auge ist vorher auf deinem Gesicht
auf und ab gegangen

mein Auge hat gebadet
in weiszen Arabesken

ausgesponnen über alle Straszen der Stadt
eine grosze nasse Vegetation

später sind meine Augen aufgeflogen
in die Nester deiner Augen

um 1961

Trinken

trinken kann ich dich nicht
    und möchte dich doch austrinken mit meinem Mund
    weil mich so dürstet nach dir

suchen kann ich dich nicht
    und möchte doch fliegen über die ganze Erde
    dasz ich bei dir bin

betten kann ich dich nicht
    und möchte doch schlafen in Schnee und Wind
    dasz mein Lager frei sei für dich

träumen kann ich dich nicht
    und möchte doch träumen am hellen Tag
    dasz ich dich wieder sehe

25. 9. 62

Schirmherr makelloser Schlangenschönheit
hoher Beschlieszer der unbändigen Meere
Bereiter stetiger Felder

dem grünen Hochwald kämmst du durchs feuchte Fell
Gras-Strähnen tauen um deine Stirn

winters die langen Täuflinge : kristallene Eiszapfen
sammelt deine Faust im Becken der Dorfteiche
und die silberäugigen warmen Schwärme der Vögel
nisten in deinem blassen Geäder

grosz bist du und ich fürchte dich sehr
hin sprengst du auf meinen gesattelten Wünschen

9. 12. 62

du verläszt eine mühevolle Vogelwelt und mehr als alles
        liebe ich es gezogen worden zu sein von deiner Hand
blasse Fensterbäume verwachsen durstig zitronenblasz
    und
verwandt mit litauischen Blättern hoch gerankt über
    Balkone und Wasserburgen
wenn in der jauchzenden Flut und der endlosen
    zungenlahmen Ebbe
        zwischen den adriatischen Sandsäulen
        zwischen gestreckten gelackten Jagden
            keuchender kehrender eingesonnter Motoren
und dem Flügelschlag einer Libelle und
dem Herzschlag des Meers

auf Algen-Füszen und in Schattenbrüstungen
träumen nachrollen der Sonne in den flachen
    schäumenden Horizont
schwesterlich kreuzende Eselinnen
schwesterlich gesenkten Haupts und
Prozessionen schrecklich schweifender Peitschen

vorausschwebend wunderbare Himmelsdrachen und
    chinesische Ballone
freigesichtig gebläht rot

schwirrend tonlos und lufthoch riechend nach
Luft-Blumen (pompa)
voraussagend eine tiefe Dämmerung eine Verwirrung und
den wahrscheinlichen Verzicht auf den Sturz von der
höchsten Spitze des wellensüchtigen Orts
ins blaszgelbe Gefieder des Meeres und
grausige Wohlfahrten

9. 5. 63

äolische Flaschenpost

an einem
jener Tage ging ich zu jedem
abfahrenden Zug
weil ich hoffte dich vor deiner Reise
so noch einmal zu sehen, die
Zeit zwischen den Zügen im
Bahnhofscafé an der Strasze,
die Sonne
brannte durch die schüttere
Laube. Steck-
briefliches.
Ich lebe gern sagst du, die Flamme (dich
zu nötigen) hoch schwankend im
Winken, die beiden Pakete, zu meinem
Auslug, deine angebundenen
Hände.
Nilwasser, leibliches
Gewimmel, Adrenalin, verwilderter
Atem, alles
durchschaubar. Die Wörter fahren
als Stichflammen aus meinem
Kopf die kleinen Schlangen
im Garten, krönchengeschmückt. Die rote
Spur auf deinem
Kopfkissen, eng / engel gepreszt und
in Jeans. Aber die *lange*

Wohl-
bürgerlichkeit, die Beine ge-
streckt, die langen
Kinder, die Spannung, das Scherzen als bloszes
Versatzstück zwischen uns, ich
als Clown in deinen Augen.
Die wortlosen, die Pferde, die ab-
gehalfterten, möchte ich darstellen.
Was für ein Bild!
ein zu schlachtendes,
Bild, *Buddha und Lamm in einer*
Person.
Dich auf Schultern zu tragen, und beinah
zerbrechen an dieser Last, dich nicht nur
von auszen. Wenn du
wie heute. Ich habe es gespürt, wie
dein ganzer Körper sich in Abwehr
zusammenzog, wie er sich krümmte.
Deine verschwisterten
Würden : wechselnd zwischen
Zartheit und feuerfester Absenz. Deine
Gelassenheit eine Weisheit. Weisze
Bundeslade, leiblicher
Dammbruch, Fiebermusik. In den
Kehlen : ich komme ohnehin!
es war eine Gedanken-
übertragung!
Aber auch die sachlichen Gespräche, ein Wende-
zeichen, dein braunes lockiges
Vlies

das ich mit meiner
Zunge, mit meinen geöffneten
Lippen liebkose, deinen
kühlen Arm diese zärtliche
Schranke gegen mich.
Aber die Garben
sie würden wie ein leuchtendes
Bündel
herabfallender Blitze
über dir sein,
lieszest du mich ach lieszest du mich ein einziges Mal.
Manchmal höre ich kaum was du sprichst, erst später
fällt es mir ein, ich springe
nicht nach, der Brunnen zu tief. Lasz uns
einmal. Lasz uns andre
Musik, lasz uns Scrjabin, lasz uns in riesigen
Sprüngen, lasz uns über die Stoppelfelder, und
jagend, ich dein
Gejagtes, lasz uns.
Ach, weiter ist nicht, die Türme.
An meiner Seite deine Hand, auch würdest du nicht
vergessen, beim nächsten Mal alles Versprochene
mitzubringen.
Während du auf der Stelle
einschläfst, Mikes, auf einem der Sitze.
Dir nachwinkend, neben dir her laufend,
bis das lange Schluszlicht des Wagens.
Wie konnte noch einmal
solches geschehen, wie konnte es
geschehen für mich –

vielleicht hast du einen Zauber geworfen
oder mir etwas unter die Zunge geschoben
das mich abhängig macht.
Dasz du
meine schwarze Stirn, meinen Fusz, mein Knie,
die übrigen
Trophäen aber unberührt läszt –
ein Apfel-
stück zu gering nämlich zu früh
geboren, zu lang schon auf dieser Erde bin ich.
Und du – zu spät geboren.
Hätten wir wenigstens
die gleiche Geburtsstunde es über alle
Maszen.
Aber
zwei Gewitter, eine dreiviertel
Nacht liegen zwischen solchen Bagatellen.
Eine jauchzende
Vergeblichkeit,
also.

um 1974/1975

ein Spaziergang mit Briefen, nachts,
eine Manteltasche voll (einer an dich)
zum nächsten Postkasten
führt mich an der Straszenecke vorbei
wo sommers
die Reiseautobusse stehen die du benützt.
Auf dem Heimweg, im Stiegenhaus, kommt
mir die Trinkerin entgegen, siebzig. Sie
spricht von *Abgang*. Ihre Mutter, sagt sie, sei
neunzig geworden.
Sie aber habe
nur noch einen Bretterverschlag
nötig, zur Ruhe zu kommen.
Ich denke an dich (ich weisz du bist in der Stadt)
und sage ihr ein tröstliches Wort.
Öffne die Wohnungstür, blicke
in den Spiegel, merke
in meinen Augen
die Tränen.

um 1974/1975

was für ein Widerspruch denke ich. Nie
so denke ich, wirst du meine schwärmerischen
Vorstellungen.
Hast du je ein Instrument? Tagebücher? frage ich dich
vor dem Aufbruch. Plötzlich
hatte ich eine Menge zu sagen. Meist fürchte ich
dich nicht zu erreichen mit meinem
unsicheren Schweigen.
Trompete, Klavier. (glissando)
Tagebuch, auf einer Fahrt.
Etwas Verdecktes, Unterdrücktes, manchmal
verstehe ich kaum ein Wort von dem was du sagst,
  mir erklärst,
und ich weisz nicht auf welche Art
dein Denken geschieht.
Aber ich nicke dazu, möchte alles begreifen.
Deine Wasserflut, Beiläufigkeit, unschlüssig
steh ich vor dir, ich weisz nicht war es etwas das ich
  nur nachts,
im Traum, oder
hast du es mir im Wachen getan? meine
Vorstellung deine Hand zu mir hin, aber eher,
eher habe ich es geträumt du streichst flüchtig meine
  Brust,
ich will deine Nähe.
Und obwohl ich nur deine Kleider, mit meiner Wange,
habe ich plötzlich das Gefühl von Übertretung :

vielleicht weil so viel Abwehr dich umgibt.
Starr, ausgelöscht, in schrecklicher Nüchternheit,
beklommen. Achtlos mit meinen Schallplatten, Büchern.
So
werfe ich alles auf die angeräumte Couch. Wo
schläfst du denn? hast du
Geburtstag? keine
Klavierstücke bitte keine Klavierstücke.
Wahllos
raufe ich Worte, Gedanken. Und merke
ich bin nicht ich selbst wenn du bei mir bist : *aber ich lebe*
nur auf diese Zeit hin. Wir hätten
uns auswärts treffen können sagst du. Schreib mir
am Morgen
sagst du und wirf es erst abends ein, sagst du wenn
ich erzähle
dasz ich dir oft bei Nacht
Briefe schreibe die ich am Morgen zerreisze.
Das Mittagslicht hier ist schön, auch
das Nachmittagslicht. Ein Zwang sich zärtlich
eingeschlossen zu fühlen. Kurz-
atmig, euphorisch. In diesem engen Geviert
das immer nur die gleichen Formen zuläszt, einander
zu begegnen.
Später im Taxi dein ausgestreckter Arm an meiner
Schulter. In meinen
Ohren betäubendes Rauschen, die
Trittspur der Stunden.

um 1974/1975

der Sternhimmel im August

der Blitze Umlauf
flüchtet mich ins Haus.
Ich sehe dasz du durch den Regen kommst.
Betört, an deine Brust
gesunken, das sanfte Kissen
deiner Zunge spüren
und deine Arme wie sie mich umschlungen
halten.

Die Anarchie ist ausgebrochen unter meinen Sinnen.
Es möchte jeder herrschen vor dem andern.
Das Auge vor dem Ohr, und dieses vor
dem Aug, und Aug und Ohr vor
Nase, Mund vor Hand :

die blassen Blumen
deiner Fingerkuppen pflückend
bewohnend
deines weiszen Fuszes Höhlung.

Die neuen Sterne ziehen auf.

um 1974/1975

ich habe deine Seele beschlafen : es entströmte ihr lange ein Duft von Schwermut

die Fronten waren abgesteckt.

Meine Fantasie fühlt sich irregeführt :
du willst mit mir frühstücken
als wäre es doch unsre Nacht gewesen.

Wir führen wackere Morgengespräche.
Du hältst bis zur Abfahrt des Zuges durch.
Dich endlich winken zu sehen ist
beinah Erlösung, oder ein trockener
Schmerz der hinweggespült wird.
Die Reise zur nächsten Stadt
verbringe ich hinter schützenden
Zeitungsblättern
ohne zu lesen.

Mein Traum wir liegen Seite an Seite
ruhig, ohne Berührung
der leichte Flügelschlag eines Falters :
meine Lippe an deiner Schulter, an deiner
Brust, in der Rosenblatt-
mulde deines Halses

Mein Wille gefangen in dem Gestrüpp
deiner Wurzeln, in der blasz
geschwungenen Schleife deines

Mundes.
Eine weisze Wasserrose
dein Leib den ich nicht kenne
nur einmal, auf den Feldern, im Sommer,
die Blösze deiner Füsze
wie eines Engels

um 1974/1975

vor Herbst

ich gehe
allein zum Essen
ich sitze
allein in der Gasthauslaube
das Denken
an dich würgt mir den Hals
ich werde womöglich
das Zeug nicht herunterbekommen.
Am Nebentisch der Mann
im blauen Zwillich
blickt fragend auf mich.

Ich überlege
ob ich schreien könnte
tauchtest du plötzlich auf
oder ob mir das Glück
in der Kehle bliebe –
ein verwunderter
Rest.

um 1974/1975

Schmetterling Liebe

rosa
ans Brett
genadelt des September
die präparierten
Wunder des Sommers

eine schöne
Sammlung! staunen
die arglosen Betrachter

ich wende mich ab
beklage
das vergängliche Licht

um 1974/1975

Zeltleinen

weich mädchen-
haft siehst du
aus ruft er
wie damals auf diesem
Jugend-
bildnis, der Spiegel
zeigt ein kleines
Funkeln in meinen
Augen, wirr strähnt
das Haar um rosa
Wangen der Mund
in seligem Lächeln verzogen –
bin das ich? frage
ich stumm es regnet
auf meine Lider

mein Bett
wie Spinnennetz
verwüstet mein Bett
und lila
Flieder
Gefahr des Verliegens

26. 3. 81

falsche Bewegung

gestern
beim Auseinander-
gehen haben wir uns
beide Hände
gegeben –
aber nicht die Lippen
zum Kusz –
: eine plötzlich erstarrte
Umarmung?
frage ich mich
ruhelos
und in Tränen /
du blickst
ohne Lächeln
über die Schulter zurück

7. 5. 81

Jalousie

geronnen
Lächeln
Schmerz-
milch /
hilf! /
schnürt mir
Gesicht von
Hals
und Hals von
Herz

6. 6. 81

Rosenfragment

mit Farbstich, Fremdflocke, magisches
Werk, Schüttelhaltung, anarcher
Kunstverstand, unter der Schläfe
zu liegen, wir essen den Mond, blinken und blicken,
zu viel, viel zu viel, zu blendend, an
den Lippenrändern das Vlies, leuchtendes
Lächeln, funkeln, Innenpolster der Hand, ich
schwanke im Sattel, eigentlich
nicht erkennbar, rufe ich,
schnepfend, zwischen kleinem und
groszem Liebfrauentag, ein Lebens-
ein Liebesfreund, als die Zeit
weiterging, im schwankenden Sattel
des Bergs, das halb erloschene Traum-
gesicht, hinter Wolken-
blättern verborgen, *ja, Quendel!*

2./3. 10. 81

Krypta

reglos Seite an Seite
in der ohnmächtigen
Hülse des Schlafes
ruhten wir nachmittags :
wie in Königs-
gräbern die schuppenglänzenden
Mumien, von einander
nicht wissend, dennoch einander
bewahrend

1. 3. 82

Winterglück

eine Erlösung eine Offenbarung jetzt diese
Stimme wieder zu hören Vogelstimme jetzt dieses
Gezwitscher, etwas wie Paradiese blühten
auf ich vergösse die
Tränen

aber die Stimme kommt nicht Vogelstimme nein dieses
Winterglück
ist mir nicht zugedacht jemand
anderer an einem anderen Ort wird es wird dieses
Gezwitscher
Vogelstimme Stimme empfangen an meiner statt jetzt
in dieser
Stunde Sekunde

19./20. 1. 85

Mannesalter : plötzliches Stoppelfeld

zerborsten kleiner stacheliger ich
meine blitzender zarter Kinnbart, zum
erstenmal sah ich den blonden
Ursprung von Flaum so auch glänzte
darüber Herbstlicht in dieser
Gewecktheit, in einer Wirbelsäule
grundierter versteckter Kraft-
knoten . .   die gebündelten
Mandelgärten : das Geäugte deines aus deinen
Augen geäugte
Gebirge des Schlafes

14. 10. 85

Flugschrift

für Ernst Jandl

diese um ihre Köpfe *verstürmten*
Öhrlinge Stiefmütterchen gelb-
ohrig (zerlegt) isabellen-
farben vom brausenden
April, und legten sich vornüber
beetwärts, kniewärts
auf Knien in feuchte
Erde, Beet-
erde halbviolett, auch weisz, wie
der Nordwind wütet, über die
fliegenden Felder (Lösz) und weint
aus Augen Stiefmütterchen Augen
und auf die Uhr blickend
im Auto zurück, jetzt, denke ich, steigst
du auf, schlieszt die Augen, schläfst schon ein, das
hat gescheuert geschauert alle
Wochen gescheuert, also scheuern schauern und
schauen, nämlich nach
etwas schauen, nach-
schauen, nicht wirklich betrachten, wahrnehmen, sehen
nicht wirklich, im Zeichen des
Drachens, und habe
nicht wirklich dein Auge gesehen, betrachtet, in mich
gezogen, so kam es mir vor, und habe versäumt, so kam
es mir vor,

dich verlassen habend, so kam es mir vor, während ich
im Auto zurück, und die Felder verlassend,
noch einmal, noch ein letztes Mal, dein Auge
zu sehen, in dein Auge zu tauchen, dich
zu umarmen, aber jetzt meine Stiefmütterchen Kehle
schnürt mich ein, jetzt
bist du schon auf den Wolken, *Durchbitterung*, während
einige sonnige Anbetungen oder
Aufzeichnungen eines Widerhimmels, die dicke
Nacht . .

14. 4. 88

der Garten, funkelnd wie seine Gewässer

für Ernst Jandl

mit zwei leeren Plastiksäcken über
den Hof, mir entgegen, mit zwei leeren windgeblähten
Plastiksäcken mir entgegen, über den Hof,
Abendessen zu holen für uns, links warum linkerhand
frage ich mich, rechts vermutlich die Zigarette, die
Zerreiszprobe, mir entgegen, linkerhand
die beiden im leichten Wind nach oben gebauschten
Plastiksäcke, statt Einkaufstasche, über
den Hof, mir entgegen, nie mehr zu verwischen
in mir dieses Bild, über den Hof, schwankend,
du, sorgend, linkerhand, und jetzt ja jetzt die
deutliche Erinnerung an die rechterhand
Zigarette, und an die Lippen
geführt, und dein Kusz, und
da ist wieder einer jener seltenen
Wahrheitsmomente, für die es sich lohnt weiter
zu leben, um derethalben
ich dich zu lieben glaube, zum Beispiel
Tremolo so verflochten, während ich,
Irrwisch, die Augen beschattend, dasz
schwimmenden Spiegels Spur
darin
du nicht sehen sollst

11. 5. 88

den Atem haben wir
getauscht die bloszen
Seelen

und dennoch sagst du
»deine Indianerhaare ..«

um 1989/überarbeitet Juli 1991

von Malerei

für Otto Breicha

und ausgesweetet (»verblendet gegen jede
weibliche Luna«, Jean Paul) und tunket ein sein schönes
Wellenhaupt den teueren Mohrenschopf in meinen
Nacken, als die Bartstoppel mich umarmten, wärmste
Bewaldung oder Umhalsung von hinter meinem Rücken
her
das aufgeschlagene Buch mir vors Auge haltend,
mit rundherum
beiden Armen umhüllenden Armen umschlingenden
Armen, dasz
ich verflochten war ganz verschlungen nämlich
ein Bergfried auch überwaschen in den Atlantik,
Phantasie
einer Liebe

7. 11. 89

für Ernst Jandl

ich hänge jetzt an der Flasche sagt er
rufe dich an wenn die Infusion vorüber ist sagt er
Sie werden nur grüne Tücher sehen und vermummte
Gestalten sagt der Chirurg
ich flüchte in die Spitalskapelle die Hostie
der Psychopharmaka unter der Zunge.
Ein Häufchen Blume ein Häufchen Schnee, der Tod
  sage ich
diese vertrackte Haarnadelkurve eine Frivolität
  eine Verdammung sage ich
ich bin schon nicht mehr bei Sinnen, schwimme
in seinen Augen ein angelfüchsischer Traum
vom Himmel auf die gesprenkelte Erde herab sehe ich
die Haare waren Spinnweben plötzlich in seinem
Nacken über welchem das Hemd offenstand lange
  verblaszte
Haare in seinem Nacken ich schlang eines um meine
  Finger
zärtliche Wickel des Lichts nämlich auch Niederflur
oder die anderswo weiszen Veilchen.

18. 3. 90

Hilfsromantik, etc.

für Ernst Jandl

und seh dich schon im voraus Abschied nehmen
und mich zusammenbrechen in meiner Augenflut
dein Zug fährt morgen erst, sag ich zu dir,
doch fühl ich heute schon den Schmerz der Pulse

10. 3. 91

Proëm auf den Änderungsschneider Aslan Gültekin

und hatten einander gesehen ich meine
zugeworfen den Blick und die Blicke bodenloses
Terrain, uns angeblickt einen Blick zwei Blicke lang
  angeblickt
im Vorübergehen an seiner Ladentür also mit je einem
Auge einander berührt im Vorüberstreifen mit
  Nachdenken, dann
ins Fluszknie der Mann gleichsam profilhaft
solch Raptus-Szene, während ein Tropfen Schweisz
langsam aus meiner Achselhöhle den Arm hinabrinnt
ein Buchstabe plötzlich aus meinem Namen
fällt zu Boden ich sehe ihn fallen, verschwinden –
mit Farnkraut Augen, Breton

10. 2. 92

1. 8. 92

für Ernst Jandl

an Holztischen die unzähligen
Male / die Hände unsere Hände flach
auf die Tischplatte gelegt, einander anblickend wie
oft / vertraut-unvertraut während
die Erinnerung an ein Fingerklopfen auf eine Tischplatte
(in einem Beckettstück) moosumwunden nämlich
  in einem
Wald

1.8.92

für E. J.

bei aufgeschlagenen Fenstern am Morgen eines
  leuchtenden
Augusttags solchem Augusttag / trinken
das Wehen der Luft / noch / sich sagen ich lebe / noch /
und jetzt und hier aber endlich
oder durch die blendende Bläue segelt die endliche
Schwalbe

1. 8. 92

auf eine jüngst gestorbene Nachtigall

sie hat kein Lied mehr gehabt
sie war schon verstummt
aber in tiefer Traurigkeit ihre Augen Schnee Augen
haben mich angeblickt
irgendwo liegt noch mit einem Heiligenschein /
  gleichsam
ihr letzter Brief / ich weisz nicht
die Schlafstube zugenäht
während der erinnerte Anblick der blauen
Nachtigallvilla jenseits des Wassers
mich weinen macht
dieser zerrissene ich meine Halbmond im Fenster
in dessen Licht sie aufgab –
dann schlugen die Bestatter sie ein in das Leichentuch
in dem sie schaukelte wie damals
in ihrer Hängematte in D., unter den Bäumen
als sie noch singen konnte
als sie noch lachen konnte
als sie noch laufen konnte
über die windbehangenen Hügel
durch die zum Himmel flieszenden Gerstenfelder

4. 12. 94

weiszhäutiger Sprechgesang, oder Szene Matisse

für Ernst Jandl

ich öffne die Tür ein heller Fleck im Winkel : mächtiger
heller Fleck. Angestrahlt von mehreren Lampen, weites
Schwanengefieder –
hockend im weiszen Hemd am Ende des Bettes.
Ich öffne die Zimmertür im grellen Licht ein weiszer
  blendender Fleck
groszes Schwanengefieder. Über Briefblätter gebeugt
oder Rechnungen, ohne Bewegung im weiszen offenen
  Hemd
am Fuszende des Bettes. Dann sein kurzer Aufblick
  und Grusz
zur geöffneten Tür wo ich stehe, meine Hand
  umklammert
die Klinke. Im Hintergrund
auf dem Kamin die
  SCHLACHTHAUSBLUME :   verfärbte
Lippenwülste einer welkenden Amaryllis

11. 12. 94

schwarzer Titel

ob du mit roten Füszen Vogel trittst meinen Weg
vorsichtig
ob rotfüsziges Tier rotkehliges Tier krallig in rot und rosa
ob flüchtig mit roten Zehen roten Fühlern was für
ein Tier
in meinem Schädel / mit rotem Gefieder vermutlich
mit weichen Kissen Händen die Hände wie rosa Kissen
der Mund
ich mich verfangen habe in roten Vogel in rosa Fleisch
und Gefieder
ob du rotfüsziger Vogel auftrittst : Menschenfusz
in der Strasze minimal um die Weite der Weiszheit des
Auges zärtlicher . .   Auftritt
neben mir meinem Fusz rosa Gefieder zärtlicher Blust
rotgefiederten Tieres . .   so nahe mir
keinen Schritt näher! *kippend Lektüre Blutung blutjung*

2./3. 5. 95

»polyphone Spur«

was für ı Blitz zwischen deinem und meinem Auge
 was für ı
herzsingendes atemsingendes Blitzen!, deine Wange
 in meiner
Hand meine Wange in deiner Hand ah die Wange
 des Apfels, St. Peter
über den Dächern (im Regen). Dreschflegel des Sommers /
 was für ı
Blitz was für ı Passion was für ı schmiegsames
 Lippenpaar was für ı
Augenstern was für ı Passage was für ı schmissiges
 Spatium zwischen
unseren Lippen weil du kannst selber ı alter Mann
sein weil ich kann selber ı alter Mann sein / was für ı
prasselnde Glut die mein Auge berührt und versehrt
 was für ı
Zirkel im Mond im Mohnfeld im Mohrenfeld
 (ganz schwarz!) unser
Getrippel im Mohnfeld im Mohrenfeld (schwarz!)
 was für ı
Zittern der Mohnblumenblätter mohnblättrigen
 Fingerspitzen was für ı
fauchender Junistern, -sturm was für ı
Zittern Erzittern : Erzürnen der Himmelsgraffiti,
 des Bienenflugs, was für ı
Ergötzen was für ı Ergötzung was für ı geplättete
 (Bienen)Lust usw.

Die abgeschnallte Armbanduhr in der Jackentasche,
die abgehalfterte
Zeit die abgehalfterte Schrift die abgehalfterte Sprache!
Inschrift
von Kirchweih über den Feldern in den Hainen die
Reflexe deines
Gesichts deiner Stimme ..   *oh wie spelzet*
das Fluten des gelben (Anbaus) nämlich, und Wogen
von Raps : Süszkind
enormer Kadaver, *die abermals Sterne ins*
Darmstädtische versprüht.

3.-16. 5. 95

»deinetwegen ist ..« (Pindar / Hölderlin)

diese Pelargonien-Flur als Stäubchen ich meine
so *aus dünnem Auge!* und flieszend : winziger
Globus milchfarben orangefarben tomatenfarben
  ich meine
diese Flora Flocke und Staub diese Spur von Liebe und
Bluten und gleiszenden Blättchen *im Weh-*
bezirk, abermals, und schreien durch Gassen WO
BIST DU ? –   so dein Auge : flammendes Wort so
in deinem Auge das flammende Wort / ich : jagend /
weder der brennenden Freude noch
. . . . . .

(*zugewandt*)

25. 5. 95

meine Mutter mit den offenen Armen
wenn sie mich grüszte wenn ich zu ihr kam

meine Mutter mit den zärtlichen Worten
wenn ich sie anrief dasz ich nicht kommen könne

meine Mutter mit dem abgewandten Gesicht
als sie noch sprechen wollte aber es nicht mehr konnte

meine Mutter mit den geschlossenen Augen
als ich zu spät kam sie ein letztes Mal zu umarmen

12. 7. 95

für E. v. S.

nach Pilzen die hohe Luft vielleicht nach Wald
Föhrenwald Badestrand riecht es die kühlen
Berge Felsdorn das Sausen des Vogels am Fenster
der runde Blick wie Horizont : ein Blau verschwimmt
  in den Augen
ein flimmerndes Gelb / ist Juli schon o Erde o halt
  mich fest
noch einen Sommer nein zwei nein drei lasz mich
  noch hier
in Lüften die *Buchstabendruckerei* dieser Ungestüm
einer Vergänglichkeit in der bunten Schürze der Mutter

22. 7. 95

wie und warum ich dich liebe

für Ernst Jandl
zum 70. Geburtstag

wenn du es bist bin ich nicht sicher ob ich es bin
was dich bedroht ist bedrohlich für mich
der Spiegel in den ich blicke an jedem Abend
hält mir gleichzeitig entgegen dein Bildnis und meines
das Geheimnis im Dunkel deines Herzens ist nicht
um von irgendjemandem gelüftet zu werden
es zieht mich an am gründlichsten und am tiefsten
und ist vermutlich das Motiv meiner unbeirrbaren Liebe

22. 7. 95

Liebesgedicht unausgesprochen

der Stengel einer Kirsche im September?
(auf dem Fuszboden neben den Winterpantoffeln)
eine längliche weiszgraue Spur : Andy-Warhol-Träne
auf dem Brillenglas rechts, der Kelch oder Kehle
eines Vogels mit perlendem Wein gefüllt / *sind*
Emotionen austauschbar?   mit RÜCKSTICHEN
die späte Biene nadelt am halb geöffneten
Fenster warm strömt die Luft

12. 9. 95

und schaufelnd VERNARRUNG *Gebirgsknoten im Haar eine Winterschneise*

durch den Schnee diese Wanderschaft : schauen ob
im Kabinett Fenster
: Scheune des Nobelcafés : im Alkoven sitzend vielleicht,
von der Strasze aus lugend im Vorbeiflitzen,
ob du SITZEST in der Loge des Nobelcafés, im Glenn
Gould Alkoven,
Einblick gewährend jenem Tropf der vorüber flitzt
im Wolkengetümmel
Schneebezirk, usw., linke Hand gestützt auf dein Kinn
oder Kinn
gestützt in linke Hand während die rechte fliegt übers
Papier,
durchtränkst mich mit Tränen Steinen feuchtester Knabe,
im
BOIS VON WIEN was glaubst du, wie, rufe ich suche
ich dich flockiger
Knabe Fähnchen Habitus, lockiges Fliesz oder
bräunlicher Haarwirbel
dann, sollte ich dich tatsächlich aufspüren, mein
Gestammel Gemurmel
in diesem Gewimmel, und ob mir dann der Anblick
nicht abdrückt Atem
und Herzmuskel Hirnkraut Röhricht und moosigen
Wams, usw., Blut-
äffchen, flackernd durch altes Geäder, das eigene
Trommelfell

stapfend durch hohen Schnee I ewiges Sausen
I Schleudern wie
unter Schmetterlings Landschaft / an die hundert
Hochflüge eines
Winter Mysteriums : dich umarmend der du nicht da bist,
nicht kommst /
flammensprühend dein Auge während il pleut il pleut
und NOËL längst
verzehrt und Nadelzeug vertrocknet wie die eigene
Jugend die ich
versuchte mir *wieder zu holen* im Sprühen des Blicks
deiner zurückgenommenen
Liebe / aber rosenrot dieses Geweih dieses mit dem
du mich nadelst
nagelst an meine Geburtsstunde Geburtsjahr,
dieses Geweih, und rufe wie soll
ich in diesem verdammten verdonnerten geliebten
Stadtareal dich
SUCHEN dich FINDEN und knirsche Schnee und fahre
Rad durch
die Wolken von Schnee und verzehre Winter und fliege
vermummt
in deine Arme während dein Schatten : nicht du selber :
an mir
vorüber diese köstliche kristallene Knospe deiner Ratio
diese
deine gestrenge Hirnturbulenz, usw.,
solche Bilder gehen nicht auf, sage ich mir, in Klammern /
beiseite

gesprochen, Handwägelchen wie in der Kindheit,
mit Brennholz
beladen : Kriegswinter 42, und Frau und Mann,
kommentierend : Hund
auf verschneitem Rasenstück : ACH ER WEISZ GANZ
GENAU WO DARUNTER DAS GRAS, USW.
. . .
während meine tiefen Knöchel : die Albernheit : weisze
Fahne des sich
Ergebenden : ich ergebe mich längs deines pragmatischen
Stils, wer
kann das ermessen, Bündel Briefe und Küsse beinahe
versiegelt, *die*
Kätzin schraffiert . .

24./25.1.96

zu einem Brecht Gedicht

diese Träne von der du fürchtetest ich meine dieser
Regentropfen dasz er deine Liebste erschlagen könnte
ich denke ihn tage- nächtelang (es kann auch
  1 Liebster sein),
obwohl, sie oder er waren immer so auf der Hut : vor-
sehend klug, dasz selbst 1 Träne ich meine der
  Regentropfen
ihnen nichts anhaben konnte. Du nämlich kannst ihn
  oder
sie ohnehin nicht bergen vor irgend Unheil durch deine
Liebe, etc.

30. 6. 98

die Überrumpelung / was für 1 Wort! / oder Ernst Jandl überrascht von meinem Besuch am Morgen des 26. 4. 99

am Weg dorthin *diese Walze Menschlein* : viel zu kurzer
Rock Gewand und
Mantel Wickel nämlich Halbfrisur und Wirbel was weisz
ich / von dir o
fremde Frau . . und wie er schlief und träumend lag
bettquer und zuckte Lider,
warm, Gesicht und Bartanflug und Brust, querbett :
so medizinisch Wort
und hatte Decke abgeworfen nachts, und ich den heiszen
Tee auf seinen
Tisch gestellt und zugedeckt mit Lätzchen spätes
Frühstück dann –
und leichtes Grollen ach, in fernen Träumen seine Seele
wandelnd, während
ich ihm ins Ohr geflüstert : »Flieder Türkenbund und
Schwebendes und
Lichtes« dasz er erwache leichthin zaudernd . . dieser
vergöttlichte
Wind des April zurück den Weg und reiszt ums Haus
und fährt in Haube,
segelnder Schwan auf Bürgersteig : FETZEN PAPIER,
im Tagesablauf so
innen / auszen, *im Vormonat und -mund, und fliegend
Frühling.*

26. 4. 99

Gebirge im Krankenhaus,

für Ernst Jandl

in den Augen das Blau
aber es regnet so viel
und die Speise schling ich hinunter
dieses Blau in den Augen
aber es regnet so viel
allein in der Kammer
so allein in der Kammer so getrennt von der Liebe
so allein in der Welt : kein Geschmack an der Stille
aber der Phlox in den Gärten
weht in der Nacht

19. 8. 99

»die Kenntnis eines Dinges erzeugt Liebe zu ihm, je genauer die Kenntnis, desto brennender die Liebe« (Leonardo da Vinci)

für Elisabeth von Samsonow

ucelli ucellini : da fliegen sie auf und heraus
aus dem Umschlag deines Briefes an mich / ucelli ucellini
habe notiert in Florenz : ucelli ucellini auch Lauser
auch Buben
der Brombeerbusch in mein Fenster damals
de Chirico Nacht in Florenz Regennacht in Florenz
und ich blicke auf die Kolonnaden der Piazza Santissima
Anunciata
wo die Obdachlosen der Stadt in den Arkaden nächtigen
in
Plastiksäcke gehüllt – –
am Morgen nach der Lesung
im Bidet Anemonenbouquet
die orangefarbenen Müllmänner queren den Platz
mit aufgespannten Schirmen
»es geht immer alles übers Hirn, mag das Hirn immer
lieber,«
schreibst du, »stelle mir vor wie das wäre, sagte man
HIRN JESU statt HERZ JESU – schon ungewohnt«
: *brennende Liebe*

1. 12. 99

dies dies dies dieses Entzücken ich KLEBE an dieser Erde
an dieser hinschmelzenden Erde an diesem Baldachin
eines
Junihimmels dessen Bläue in Wellen gebauscht und
mit tiefen
Schwalben : ich meine *trunken* und zuweilen verborgen,
scheinen
sich zu verbergen in irgend Buchten und Malven
Holunderbäumen :
wilden Monstranzen .. die Luft ist wie damals, ja,
die Luft
wie damals in D., die Zirren nein Zirben
die Wolfsmilchstauden
VON ANBEGINN : alle Schmerzen aller Wahn schon
Ewigkeiten vorher
seit Ewigkeiten erlitten, die *lilies* Magnolienfelder,
von oben
von irgendwoher ich glaube aus verhülltem Gezweig
diese
einzelne Stimme mich durchdringt : mein unsichtbarer
Liebster in dieser Baumkrone ach jubiliert! diese Lust
diese
Süsze ich KLEBE an dieser Flammen Erpressung an diesem
Licht an diesem Himmel, sage ich, *etwas Hawaii*
oder möchte
in BURGUNDISCHEN GÄRTEN über Maszliebchen
Erde .. *was!*

Flitzerei / plötzlicher Engel, habe diesmal versäumt
die ersten Schwalben zu sichten in ihrer Inbrunst
nicht wahr,
diese Luftbeute, Wollust der Augen, ach ich KLEBE
an diesem
Leben an diesem LEBENDGEDICHT.

4. 6. 00

oder Vermont, an Ernst Jandl

lasz ein den Segen : die Tränen am Fensterglas
die leise aufklatschenden Tropfen auf Messer und Blech
Geschirr und Gehörntes, gnadenweise, und gnadenweis
Tag. Endlich ertrunken ERSOFFEN die Sonne im
 gloriosen
Meer des herabfallenden Himmels, in den Strömen
 der geöffneten
Wolken .. *hinaus sollte ich ohne Kleid ohne Schuh*
mich durchtränken lassen von diesem WEIHWASSER
welches klopfend und zärtlich tastend anstatt
Geliebtem : Gestorbenem mir erscheint, aus-
gesetzt bin ich verschüttet, morsches Gebälk mein Leib –
Zipf und Zipfel von Abseits :
du sichtbar nicht mehr nicht wieder

3./4.10.00

5. Brandenburgisches Konzert

NACKEND NACKEND NACKEND / END von Ende gehst
in die Erde hast nicht Faden an dir nicht
  Aufschreibbüchlein noch
Brille noch Stift hast nicht Frohsinn nicht Kusz nicht
  Auge und Ohr
nicht Musik nicht Wort noch Himmel und Wolke
schnüffelst Erde und Wurm ELLENDES ELLEND
schmeckst nicht Labsal und Süsze von Speise und Schlaf
siehst nicht Blume und Tal blau in blau
breitest Arme nicht mehr den fliegenden Flocken wie du
als Kind oh auf der Zunge die molligen hinschmelzen
  hast lassen
und faltet die Flügel nicht mehr der Schmetterling auf
  des Kindes
Handrücken wie einst pilgerst nicht mehr durch weiszen
  Nebel
kielst nicht mehr im Abendschein des August die Wellen
  des Meeres
ach und ach was der Blitz hineingetan, usw. während
  die Dohlen
kommen in Heerscharen über den Acker

2. 11. 00

Sonnenfinsternis '99 / Bad Ischl

für Ernst Jandl

erst wieder in 700 Jahren sagt ER
1 Jahrhundert Ereignis sagt ER
solltest du nicht versäumen sagt ER
auf dem Balkon ER setzt die Spezialbrille auf
verkrieche mich mit dem Hündchen in der
    Schreibtischnische
die Vögel verstummen –
1 Jahr danach SEINE ewige Finsternis

4.-8. 11. 00

dieses Balgen der Gedanken, sage ich zu Mutter dieses
Kropfgebilde, er, Vater muszte dich immer abschirmen
wenn wir
durch die Straszen durch die Alleen dort die
Schaulustigen
kamst dir beobachtet ja, verspottet vor, was mich
zum Weinen
ich meine die Pilgerschaft deine Pilgerschaft, das Kroko
Gebilde
auch Krokus denke lieber an Winterschneise oder
Herbstzeitlose
Ende August, bald Herbst, sagt sie dann, *hoffe ich find'*
einen
2. *Strumpf usw.*, das 1. *L* für Elke das 2. für Liebesentzug,
schreibt
Sabine H., 1 Möglichkeit diese Dinge (Erinnerungen)
sogleich
anzuwuchern, etc., nämlich der Cherubim im
Ascheneimer
in der Dornenhalde im zitternden Aug in *Brüderchens*
Ohr das
angefüllt ist mit Erde so dasz keine Musik kein einziger
Ton
mehr eindringen kann kein Schlagzeug keine Posaune
kein süszer
Gesang : Billie Holiday : wie wir sie liebten, ich meine
warum warum

keine Musik mehr wo bleiben *die viel versprochenen*
Engelschöre
nur noch Asche Asche die so seidengrau : erstickend
die Haut überzieht,
vielleicht vielleicht das wäre ja noch 1 Trost vielleicht
ECHO VON
BACH KANTATE : ich habe genug, usw., so Regen
Terrain so Schnüre
von Himmel ach ja dringen durch Augenhöhlen und Ohr
während an
einem Wintertag während die Nässe seines Gewands
im starrenden
Winterhauch als wir das Kaffeehaus verlieszen und
ich ihn halbwegs
auf meinen Armen zum nächsten Taxistand und
Polsterung feucht
und kalt wie die Linnen Jahre später als er leblos
auf dieser
Pritsche nicht wahr. Sitzen einander gegenüber, haben
in einander
verschränkt die Hände die Blicke .. der Mond
der weiszblonde
Halbmond *sichelt mich nieder* sichelt mich erdwärts
die Sichel
des Mondes das ist 1 Ernte!   Schwermut so was wie
so was wie Schwermut habe ich unter deine Füsze
gebreitet : welken
Füsze voller Wunden und Schorf, Haut zerrissen
vermutlich, nach

so vielen Wochen, seine Hände voll Blut, den Rosenkranz zwischen
den Fingern, ich meine es trommelt die Erde es toben die Wasser
es wuchten Blitz und Donner auf meinen Schädel, und weinen noch :
ja wir beide weinen noch und weinest die Treppe hoch (ins
Sommerzimmer), er war dann da, hinter mir, er hat alles gesehen
er sagt du liest über JEREMIAS, aber die Sohlen so wundgerieben dasz
ich nicht zum Briefkasten komme . .
du den Kleesack geschultert hast : gewickelt umgebunden gebunden
während tief Regenbogen im Westen *ich meine zerrissen der Mai*
Mai Anemone und Wange

15./16. 11. 00

in P., Sommer '70 circa

(»o schmeisz mich nicht
auf grünen vogelwind
der harte rattert . .«)
Ernst Jandl

wie ich über die Wiese ABLAND GRABENLAND
Furche Wegspur Wagenspur *schwärmte*, hangab
und ihm entgegen und wie er erst langsam
dann immer rascher, die Arme
ausbreitend mich aufzufangen zu umfangen damals
  ich glaube '70
weil Vater Mutter noch da (abseits
standen sie : *mit sowas wie grünen*
Rispen in ihren Schnäbeln, etc.)
während wir kollerten ich weisz nicht die schnelle
Blumenwiese hinab oder so ähnlich sie aber,
Vater Mutter abseits und lächelten vielleicht
wie auf einem Foto Vater seinen Arm legte auf ihre
Schulter als sie selber noch – diese Blumen
aber noch nicht das Messer nicht wahr –
ratterten die Wiese hinab usw.

7.-9. 12. 2000

tempelhüpfen

».. ach, ich weisz es, und es ist mir
egal ..« : R. S. Thomas, weil, ich brenne ich flenne
ich flamme ich züngle ich zehre, weil, ich zahne verzehre,
als Flechten die Feuerzungen meinen Rücken hinab
wie sie bersten
(Verbum) meine vergilbte Haut und verlumptes
Herzareal,
weil, ich lungere schmutze schmeisze mich gegen
die Wand,
weil, ich phantasiere wiederhole mir den miszglückten
Tod
meiner Mutter vor genau 70 Jahren, weil, ich fluche
ich flenne
ich durchdringe mich selbst ich zehre ich zerre mir
Haut und Farbe und Sprache von diesen meinen
brüchigen
Knochen, weil, ich sauge das eigene Blut sobald
das Messer
absichtlich dieses Messer das Spiel mit dem Messer am
Handgelenk, weil, ich brenne ab diese Haare diese Zunge
und
Zähne obwohl : bin ich noch nicht bereit zum Sprung von
der Höhe des Dachgeschosses, ich flenne ich flamme ich
zünde mich an die Flechte der Flamme mein Rückgrat
entlang
wie Dalís in Flammen stehende Giraffe nicht wahr, weil,
ich schreie ich tobe ich stampfe mich selbst bis an

die Knöchel in die aufgeweichte Erde des verkommenen
Rasenstücks neben der Fahrbahn ..   *wo Andalusien?*,
würde
ich diesen Himmel ertragen, – nein. Lieber verkrusteten
Auswurf auf dem Asphalt lieber wälzen im tiefsinnigen
Ekel im Unflat (der Emotion), ich meine Hagiographie
eines
von verdreckten *Gassenkindern* mit Kreide gekritzelten
Tempels
im Proletenpark : HIMMEL / HÖLLE .. ich glaube die
Himmelsleiter
hatte 6 Sprossen und oben fing der Engel die behutsam
geworfenen Steine auf, oder was.

11. 12. 00

sagt er :

für Ernst Jandl

bin jetzt hier   bist noch dort
dort war Blume Schmerz und Wort
kann dir nicht sagen wie es hier ist –
oh dasz du mir verloren bist

19./20. 3. 01

das Blechgedicht (tiefst)

auf Messers Schneide wie die Vögel mir
weinten die Haare die letzte glühende Sonnenwende
als die Haare mir wehten, und saszen im Laubengarten
Ende August und in der Gasthauslaube (Leopoldstadt)
: Gasthausnatur, und weinlaubumwunden und athmeten
Mond und saszen und sagtest du : das ist / das Ende
des Sommers, 30, 40 Jahre vergangen, aber dieser
Hauch von Sommer von zärtlichem Sommer Ende
auf Messers Schneide der Nachmittag, der Azur,
nestelte, der Azur an mein Herz, weinte mir
Schwalbe und Nachtigall eines Kusses nämlich
in dieser blauen Nacht eines Kusses nämlich
Verhältnis auch um. Man möchte sehr Tugend, *das*
Hungerbrot aber das ich jetzt essen musz –

24. 3. 01

an seiner Seite hätte ich sogar die Hölle ertragen

für Ernst Jandl

wo wo wo wo bist du o fuchsäugige Welt
des Frühlings, Spuren : Sporen im Himmel wo
bist du, o *finkende* Welt des Frühlings wo
bist du, aufgelöst vermutlich in die Azur
Stösze deines Atems damals damals wo bist du
an der Straszenecke das Fahrrad verbeulte Fahrrad :
Schatten des Fahrrads was mir die Tränen erpreszt, an-
gelehnt gegen die Hauswand : 1 Ding vielleicht nur 1 Ding
ich weisz nicht : ich höre es atmen alles überhaupt
atmet : der Schatten des Fahrrads der Schatten der
Dinge Bachs Sarabande : Gitarre solo *ISOLA von März*
oder Nadeldistanz Nadelinstanz Narzisz *Nadeldiss.*
Smaragdgrüner Wiesenflug nämlich Anflug von Wiese,
»sobald
des Herrn Odem sie an bläszt ..« (Jesaja).
Bin wieder fast Verblüffung, Cranach und alle wissen
dasz, ich meine das VERKLIMPERN, zwischen
langsamen
St. Pölten und *Mond Wucherung* / schlieszlich
ist er mit dem Treppenlift die Stiege zum Kinoausgang
gefahren worden, obwohl der Aufzug keine Zulassung –
hielt ihm während er hochschwebte die Hand, und er
blickte mich an ich glaube überrascht dasz es
funktionierte, etc.

Acetylsalicylsäure 50 mg in irgend Ärmel (Areal)
gerutscht in der Frühe während, ich werde geweckt
von Pappeln Platanen, während ich meine linke Wange
gegen die Kante des Klapptisches pressend, welcher
mit riesigen roten Blumenhüllen Plateaus usw. Und
werfe Krug ins Haus – ach die Kornblumen : seine Lippe.
Unschärfe der Wissenschaft, ansässig zu sein im Lesetopf
und *stricke* ich sonntags den langen Ehebund, *striche*
ich dann durchs Kippfenster auf die durchsichtige
Landschaft : gleiszendste HINTERBRÜHL,

3. 4. 01

für Ernst Jandl

habe niemand wo ich liegen kann wenn
öffnen die Blumen wenn öffnen die Sterne der Mond
habe niemand dasz ich sprechen kann wie
damals zu dir weil kein Wort ist zu jenen
die noch am Leben. Kalt ist und einsam
die Nacht, 1 wenig Ende der Lippenzauber
in 1 Café

9. 12 .01

Arpeggione

anrutschen einen Ton, verrückte Flocken und wattierter
Sinn, während der Amselgarten rauscht und huscht,
ich bin beflügelt noch von diesem Traum, es war
1 Sehnsuchtstraum, sag ich, und schaust mich an
mit so viel *Augn*, mit deinen groszen Augn schaust
  mich an,
sagt er, wirf deine Hände weg und schreib
mit deiner Seele nachts wie Schmetterling.
Es war 1 zarter Traum, mit vielen Seelen *Händn Augn*
mein Finger duftet noch vom Duften deiner Chesterfield,
sag ich, war wieder jung und hatte *grosze Augn*, bin
nach dem Tod 1 Vogel in der Luft, ich wuszte nicht
es war 1 Traum im Traum, ich suchte sehr nach dir,
es war 1 Suchen ohne Schmerz, wir hatten
weisze Federn an, wir waren Vögel über Berg und Tal
und schwirrten in *1 Jenseits mit Kalkül*

25. 2. 02

»zuletzt brach ich in lautes
Schluchzen aus / und Hand in Hand
verlieszen wir das Haus«
Eduard Mörike

für Ernst Jandl

und da wir wollten da uns gesellen
hineingesellen und -traben aber
die Tränen saszen locker lockige
Träne und bleicher Abend sasz da
mit ihm und wollte eigentlich keines
Wortes, Rand, nicht zu essen nur Gurgel (lahm)
brachte keinen Bissen herunter so
die Vorstellung Farnwald Niederwald diese
Qualen tage-, monate-, jahrelang – er behielt
immer alles für sich war nicht zu durchdringen
jetzt erst nach so langen Nächten kann ich
Zeichen erkennen : lesen : verstehen, jetzt erst
in diesem Schmerz und weil vorüber jeglich
Erd Geselligkeit Luft Geselligkeit eben, wünsche
mir Sonnen Ende und Untergang –
(so lieb o grosze liebe Seele du
nur von ferne das Winken als (Mexiko))

13. 3. 02

Adolf Muschg antwortend :

wie konntest du schreiben du seiest
sicher, er würde wiederkommen :
er ist nicht wiedergekommen er wird nicht
wiederkommen in diesem Leben, ich habe
ihn verloren für immer, er ist
verloren gegangen für immer – vielleicht
wenn ich auf den höchsten Berg der Welt
steigen könnte, würde er mir begegnen, vielleicht
wenn in dem tiefsten Wasser ich segelte,
käme er mir entgegen, vielleicht
wenn ich seine jetzige Sprache hören könnte,
verstünde ich was er flüstert zu mir
(denn seine Augen sind Sonne und Mond)

16./17. 3. 02

(»when thou liest howling«)

wenn du das Dämmerlicht violetter Morgen, heute früh,
Sonne und Regen was SILENCE hervorruft (-kramt aus
dem Wort-
schatz) ich meine die aus der Packung *seichende* Milch,
usw.,
Tränen erpressend die aus dem Kästchen tropfende Milch
oder Musik
Johann Sebastian Bachs : Ouvertüre zur Suite Nr. 3
in D-dur,
der genadelte Schirm, Fontanas deflorierte Leinwände :
dar-
bietet sich der weisze Himmel von wilden Blitzen
durchbohrt, ja,
wenn du liegest heulend heulend 1 ganze weisze Nacht
hindurch,
heulend, dies Tränenlager die ganze Nacht, das
Kopfkissen
abermals wendend um nicht die Feuchtigkeit an
der Wange, die
ganze Nacht dich erwartend, als Zeichen deines
Ankommens
dein Hustenanfall im Stiegenhaus, ich imaginiere deine
Erscheinung Kopf und Gestalt hinter der Glastür
aber dann
ich erwache du bist nicht gekommen du bist nicht da,
oder

wie zwischen 2 Regengüssen, *die Zeiten darauf*
zu pusten (Derrida)
habe immer die Augen geschlossen wenn ich mit dir
telefoniere,
rieselnd, 1 biszchen, Deckweisz, dieser Morgen die Berge
so tränenblasz, unter grauen Aufflügen reiherartiger
Vögel,
zitternd zirpend der Horizont, schön verhangen
Schlehdorn und
Habakuk, wer sprach mir 1 × vom Fleisch des Gedichts,
so
viele Köpfe / Krisen im Fenster, diese süsze Erwartung
dich sogleich erblicken zu können, Kobold des Lichts. Es
wird 1 andermal sein, usw., Schädel der Sonne, 1 Gedicht-
zeile von Ajgi, lieblos aufgerissen die Doppelseiten von
Derrida's POSTKARTE, achtlos, *raufend wie Zähnchen* ..

14.-16. 7. 02

.. als Seelenmaler, und Schmetterlinge

Quelle und Bächlein rauschend *raschelnd*
wie Haare lange Haare Traum heute nacht
das kl.Nono Requisit, was eigentlich verwischt war
im Traum am Morgen dieses Bild
du unter 1 Baum neben der Quelle Bächlein habe
es rauschen gehört ich sage habe dich überall gesucht
du hier allein neben dem Wasser wie Haare lange Haare
rauschend *raschelnd* insgeheim du reichst
mir die Hand, wie geht es dir ich frage wie geht es dir
ich habe dich überall gesucht du hier allein das kl.
Monogramm das kl.Nono Requisit, ich hocke mich
zu dir
es ist 1 blauer Tag ich habe dich gefunden, in
deinem Schwimmanzug die Pfeife rauchend, der Traum
ist aus
ich bin erwacht *und bis ans Herz gewachsen zu dir*,
Schwalben
Schwalben wie kl.Matrosen, 2 kl.Füsze die vorwärts
gehen,
gibt es weisze Schmetterlinge bei dir,
Labrador Bächlein höre ich singen, ich weisz schon
wo dieser Platz war, an der Wegkreuzung zum
Atemwäldchen in Altaussee, mir fließen
die Tränen, oder die sämtlichen
wilden Augen und Veilchen ..

23. 7. 02

Furor, kupferfarbener Himmel

»einst schon bin ich 1 Knabe,
ich bin auch 1 Mädchen ge-
wesen, Busch und Vogel und
Fisch, der warm aus den Was-
sern emporschnellt ..«
Empedokles

für Ernst Jandl

ich weine die Tränen aufs Grab, Mimosensträuszchen
  sein
Grab, mir springt mir zerspringt das Herz, die
Wintersonne zerreiszt mir das Auge das Ohr, die
Wintersonne zerrt mich zur Erde, die Steckrosen
  bersten
in Januar Schnee – warum warum
bist du gegangen von mir ohne Abschied, der knospende
Flieder der Bergahorn unter deinen nackten tappenden
Fuszsohlen, die Seele schwirrte hinweg wie Vogel wie
  Engel
halb flowernachts träumend die welken Träume
  Schneerosen, ach
Couperin Muffat und Bach : wie 1 Seufzer solche
  Musiken
habe vergeblich auf deinen Anruf gewartet, wie Augen,
weit aufgerissen betrachte ich mein Spiegelbild (HERZ).
Die Worte schliefen mir ein die Sprache, er meldet
sich nicht, er blickt durch das schräge Fenster zum

Himmel und sogleich *hochgetragen* weil 1 Hoffnung ist,
aber
mein TRANSITKÖRPER ist müde geworden : die
Haubenlerche
schwirrend um meinen Scheitel, habe mich sehr
entzündet an deinem Auge, stand in der Kirschenwiese
damals
und starrte auf das jenseitige Ufer des Bodensees, usw.
Wohin eingegangen Fusz und Füsze, ich weide mich,
verrückt
geworden zu sein in den gelben Gärten fernsten Gärten
regnen jetzt Goldregen Blüten, *der Bunch der Bergwelt*
an mein Gesicht (getastet), der Strunk vermutlich des
Buschwerks, seit langem OSTERWÄLDCHENS
GEFIEDER, die grosze
Materie mit ihren seelischen Papieren, Ocker von Körper
Kratzern und Papageien, die Träne : Mimose der Sonne
sinkt und *tippelnd durch die erstarrten Lupinenfelder,*
ich, Rötel im Wind.

2./3. 2. 03

habe gerade die Sprache erfunden
rasende Sprache

bei der Sekunde, selbst, und musz
mich eilen SPUTEN ehe die Sonne sich bäumt
AUFBÄUMT etc.,
stehe am Fenster oder zusammengekauert : Bündel im
Stubenwinkel. Groszer Schmetterling Pelargonienblatt
auf den Steinfliesen im Flur : plattgedrückt / wie
Vergangenheit – (diesen Satz wünschte ich mir
kleinstgedruckt!).
Hier und da die innersten Pflanzungen, schau,
die Orangerie!,
schreibt Marcel Beyer : riecht nach Kamel, oder
beweglicher
Taufengel. Also Artauds Gesicht Gedankenleib oder
-blut,
Artauds Anemonen Hand.
DAS IST 1 LIEBESBRIEF!, die Zacken der Berge,
die spitzen
Augen wie Nadeln meiner Natur aufgepinnt, ach!
Natur, ge-
pinnt auf die eigene Körperhaut, ach und wehe! ich
schreie
krümme mich bringe mich um, das überflutete Auge
gefiederte
Auge, diese Natur oder was!, *diese Chiffre*
Vollmondschein –
du bist ins Zimmer getreten, ich warte auf deine Stimme

ich schreibe wahnhafte Briefe, die du niemals bekommst,
ganz dünner verletzlicher Hautverkehr, das ist 1 Gnaden-
wetter, der Kusz der Grasmücke in den Gärten .. dies
Wort im Draht in der Kommunion ich träume von dir,
    und
die Ekstase selbst, diese Elster,
habe gerade die Sprache erfunden rasende Sprache.

11./12. 2. 03

Fotografie

für Ernst Jandl

mit seiner groszen linken Hand
bedeckt er meine grosze rechte Hand
mit seiner groszen warmen linken Hand
bedeckt er meine grosze kalte rechte Hand
ich habe meine grosze rechte kalte Hand versteckt es liegt
beschützend seine grosze linke warme Hand auf meiner
flüchtigen
rechten groszen kalten Hand während
uns Stefan Moses fotografiert im Jahre 76
mit unserer je anderen groszen Hand Gesicht verdeckend
(wie Stefan Moses es verlangt) –
wir halten uns umklammert so in dieser unscheinbaren
Geste die mir im nachhinein die Träne preszt
aus meinem unsichtbaren Auge .. dein
Blutstrom flieszt in meinen Blutstrom über
dann in verwilderter Unsterblichkeit von Liebe

2. 3. 03

im schweren Fellmantel ich
erinnere mich, in einander eingehakt
so mühsam die Schritte vom Auto zum Krankenhaus
Ambulatorium so müde mühselig langsam schleppend
die Füsze die Arme der Schädel mit Wollmütze
bandagiert, im eisigen Wind, usw., hast
auf mein Aufnahmegerät gesprochen aber ich
war nicht da, deine Stimme auf meinem
Band ich weine darüber die punkthaften (prunkhaften?)
mediterranen Vögel tropischen Vögel Mirakelblick, auf
der Rückseite des Fotos schreibst du die Widmung für
mich, habe
mich wieder verlesen, habe mir eingeprägt deine
Worte am Telefon, ach unser ewiges Gehen und Kommen,
immer
wieder, die vielen Jahrzehnte, ich notiere
was du mir sagst diesen Morgen »rufe dich wieder
an ..«, 1
maszlose Zärtlichkeit (Derrida) die Erscheinung des
Waldes, diese
Lupinen Gespräche Pfauenauge Planetenfabrik, usw.,
wie bin ich denn
mit diesen meinen Füszen hergekommen, frage ich mich,
so
ledig und ohne zu wissen wohin sie mich tragen werden,
wir

stecken die kalten Hände : deine linke und meine rechte,
in deine Manteltasche, die nackten Hände, *im Nu*
deines Augenwinkels,

15.-17. 3. 03

fast alpenhaft, usw.

für beide Frühlinge –
Heizung eingeschaltet im warmen April weil
so kalt in der Brust. Wenigstens seine Glieder (besuchen)
trocken von Fleisch längst gelöst von Fleisch, ver-
fallen : »da, liegt er drin«, sagt es in mir, steh
ich an seinem Grab, also beinah schon Erde geworden, im
Nebengewand und -gewerbe (Nebelgewand), dann die
  Vierte Brahms
aber nur 1 paar schwebende Noten : Töne und *Tüten*,
  während
drauszen der Frühling und *bebt*, Tangenten Flügel . .
  haben wir
zuerst mit Tagen gezählt (»5 Tage tot«), dann mit
  Wochen, Monaten, jüngst
mit Jahren . . der Rosenstrauch, grüner Flor, dieser
Dom aus Blättern, Kuppel, Dach, Rosarium, Abfolge
  von
Passionen. Während die Bäume (Berge) die durch
  das Heckfenster
flieszen, Straszengebüsch. Und am Gasthaustisch
  nebenan, jemand
sagt sehr langsam : »1 × musz geschieden sein«, und wie
die Vögel auf unseren Schöszen – habe in mir 1
Präzisionsfigur (trocknet die Hemdhose im letzten
  Sonnenstrahl, T. S. Eliot), während
Manfred (». . och Manfred«) kam dazu, schaute uns
  über die Schulter und

sagte : »abermals dieses Huschen . .«, ach es schaudert
mich, denke
ich dasz er *abgeschieden*, so kalt, so kalt in der Erde,
schon
schwimmt schon schimmert die sausende Bö ich meine
das Sausen das Säuseln
der Windschöpfe : Harfenmusik, 1 Verhuschen
des Kopfes, Verstecken
des Kopfes um nicht entdeckt zu werden, feuchtes
Vogelgezirpe, das
gehorcht einer anderen Logik, sage ich, *nämlich*
das rasche Brüderchen meines Augs, usw.

22. 4. 03

würde alles tun für dich *wenn*
du nur lebtest!
als erstes würden wir zur Albertina,
ins Museumscafé dann zum FELDHASEN, 1 Blick
in dein Auge würde mir sagen ob du müde
bist oder ob es noch weitergeht. Weinen
würden wir trotzdem oft, weil
der Abschied noch vor uns läge –

21. 5. 03

habe Bach aufgelegt

entwurzelt bin ich /
schrecklich gottverloren, die Wolke mit
Rosenmund, eisklumpenförmig mein Herz was
um Himmelswillen ist mir geschehen / einsam
die Wedel der Palme die ich mir wünsche auf
meinem Grab usw., ach dieses Mal diese
Mai- diese Junitage wie herzzerreiszend, tauend
und taumelnd tausendmal löst
der Schmerz sich in Tränen / niemand
reicht die Hand mir kein Auge dringt
in die Seele tröstlich / tot
bin ich bei warmem Blute : verlassen verkommen verstört
verdammt verraten
tödlich der frühe Tag und der späte Abend / ausgerissen
herausgerissen habe ich mich aus der
Menschengesellschaft . .   sehe
Glenn Gould hockend gekrümmt summend tobendes
Heulen und Hitzen –   (*und haben*
Weinen 1 Strahl und 1 Gift)

2. 6. 03

aber er aber er : an gebrochenem Herzen

vielleicht, denke ich, der Blitz eines Gedankens, vielleicht
Blitz einer Sehnsucht, zu mir, vielleicht
1 Schmerz dasz ich, so nah vor dem Ende, nicht
seine Hand, zärtlich, wie wir oft darüber gesprochen,
  vielleicht
ganz fern, fast nur Erinnerung, dasz ich
auftauchte in seinem Bewusztsein, aber dann,
  wahrscheinlich,
der leibliche Schmerz, so zerstörend, dasz alles andere.
  Dasz
ich nicht sein konnte bei ihm in seiner letzten
Stunde werde ich nie verwinden.

(*Aber jetzt aber jetzt : blühen die Linden*)

2. 6. 03

während des zufälligen Hörens eines der Lieder aus der schönen Müllerin von Franz Schubert

da, an den Baum gelehnt in dem Gasthausgarten
pfeiferauchend vor dich hinblickend was für Gedanken
wohl in deiner Seele, habe für 1 Weile dich alleingelassen
um
kl. Spaziergang in der Umgebung, so im Carree, usw., du
als ich wiederkehrte immer noch sitzend, da, träumend
1 biszchen, am Nachmittag damals, unter dem
Nuszbaum welche
Zärtlichkeit, damals dein Lächeln, dann neben einander
schweigend,
sehr an einander gegen die Rinde des alten Baums,
in dessen
Krone die Vögel. Sehr in einander welches Glück, damals,
kaum
kann ich, 3 Jahre später, den Baum betrachten :
vorstellen, ohne
zu weinen, Ischl wundertätiger Ort, immer noch weithin
streckt
er seine Äste, aber an seinen Stamm gelehnt fremde
Gäste, heiter
im Schatten des Gartens des Baumes den ich liebe,
untröstliche
Landtiefe

4. 6. 03

Gemüts-, nämlich Erinnerungsmorgen, tränenreich, schwankend

suche MORATORIUM im Groszen Brockhaus, stosze
auf MOTHERWELL, Robert, bin *enlightet* erleuchtet
zirpe neben Wasserfall, wandern beschwingt in
der Morgenfrische
blauer Julitag Mittagshitze behendes Gemüt Getöse
des Wassers
verschlingt jeden Laut, unsere Stimmen ich meine
gelöscht, Sommer-
tage damals in Schladming / Rohrmoos, wilde
Apfelbäume im Strömen der Luft auf der Höhe :
Bergstation
Sessellift, dann in sumpfigem Gelände immer höher
hinauf, Täfelchen
»1000 m«, Elektrokleinbahn im Schaukasten, bei
Knopfdruck rasen die Züge los, weiter durch duftenden
Mischwald, immer noch Motherwell Neugier im Sinn
bestelle mir seine
Bücher Ausstellungskataloge, nachmittags auf der
Terrasse oder
im Garten in Streckstühlen (*Lamm*), einmal die
Nachricht von Mutters
Erkrankung, zum Trost er küszt mich zum Trost,
Umarmung. In
der obersten Kammer Hermes Baby auf Campingtisch,
die knarrenden

Bohlen, das Kämmerchen atmet Sonnenhitze, die Wäsche
zum Trocknen
auf dem Balkon, nachts der Vollmond : wir wollen uns
etwas
wünschen, Himmel bekränzt von Sternen, das rattert im
wilden
Schlaf, die Seelen unsere, mitgerissen

8. 7. 03

Alpensprache Rohrmoos

damals im Gebirge August waren die Abende kühl aber
unsere Seelen brannten zählten nachts die Sterne
  am Himmel erkannten
den Groszen und Kleinen Wagen Kassiopeia und Venus
  schliefen
einander in Armen haltend am Morgen die bloszen
Füsze im Tau gebadet flügelschlagende
Wälder. Manchmal ins Städtchen hinunter um Honig
  zu holen Stifte
Papier und Wein zirpende Andacht. Wir
setzen uns mit Tränen nieder denn unser Leben war
  zu kurz

16. 7. 03

unter Bäumen Tränenmorgen

für Ernst Jandl

unter Bäumen saszen wir und Waldes Brausen unter
Bäumen sprachen zu einander schwiegen blickten
in den Wald der schon die Blätter warf und fegte
Lindenblütenblätter auf den Wegen unter Bäumen saszen
wir und schwiegen unter Bäumen ich allein und
schweigend ohne dich unter Bäumen du allein und
schweigend ohne mich

13. 8. 03

das ist das alte Jahr die Träne
quillt die Hunde bellen die Steine
unter meinen Füszen weinen das ist
das alte Jahr der Vogel hinter dem
vereisten Fenster pickt ich bin allein
ich denk an dich das ist das alte Jahr
kommst mir entgegen in der Stadt dein
Mantel weht es winkt die Hand das ist
das alte Jahr wir werden uns wiedersehn

31. 12. 05

Nachwort

Liebesgedichte aus Jahrzehnten, Mayröckerworte, Anarchistinnenpoesie. Wie heißt es in *brütt oder Die seufzenden Gärten*? »Alles scheint Feuer gefangen.« Eine sonderbare kurze Ewigkeit lang steht der Sinn auf der Kippe, doch das Wesen der Worte weiß, wohin es will, und spricht das Selbst an, bis das Selbst zu sich selbst spricht:

ach wie die Zeit unserer Liebe gestundet ist
und wie das Masz endlicher Zärtlichkeit ungewisz
Liebe trägt Zeit fort
auf ihren schönen schillernden Flügeln
Zeit trägt Liebe fort
vergessend vergeudend als wäre sie nie gewesen
wie bin ich allein

Und wenn die Liebe nicht stark wie der Tod ist, so ist die Liebe nicht. Und das »Liebes-Werk«, es ist vor allem und immer wieder und immerzu »Eine jauchzende Vergeblichkeit / also«.

In dem Gedicht »Fotografie« schreibt FM für EJ, den Dichter, den Liebesmenschen, den Todgestorbenen: »dein / Blutstrom fließzt in meinen Blutstrom über / dann in verwilderter Unsterblichkeit von Liebe«. Ihren Blick in seinem, haben alle Worte einen doppelten Sinn, den einen in dieser, den andern in jener Welt.

Mayröcker hat den meisten Lesern den Schmerz voraus, den Schmerz, vor dem jeder Angst hat, die Angst des Ich vor dem Tod des Du. Sie steigt tief hinab in den Schmerz, und das Wiedererstehen des Geliebten in ihrem Innersten gelingt. Schreiben als magische Handlung, Schreiben als Anrufung, eine Totenklage, eine Lebenslage, eine Liebesbeglückung. Die Wortschwingung ist hoch, der Regenbogen wandelt sich in reines Weiß, »im Zentrum des Schreibens und Schreiens« steht EJ und leuchtet.

Ich will Mayröckers Worten folgen, ihnen nachgehn, bis ins Hernach. Denn es geht um das Schreiben als Leben und Lieben, es geht um die Verantwortung für die Worte, Entscheidungen auf Lieben und Tod.

Ulla Berkéwicz

Alphabetisches Verzeichnis der Gedichtüberschriften und -anfänge

aber er aber er : an gebrochenem Herzen : 122
Adolf Muschg antwortend : 107
äolische Flaschenpost 43
Alpensprache Rohrmoos 126
als du heute weggingst mein Herz 25
. . als Seelenmaler, und Schmetterlinge 110
an seiner Seite hätte ich sogar die Hölle ertragen 102
Arpeggione 105
auf eine jüngst gestorbene Nachtigall 72
aus deinem Himmel von sanften 33

da mi basia, da mi basia mille 22
das Blechgedicht (tiefst) 101
das ist das alte Jahr die Träne 128
»deinetwegen ist . .« (Pindar / Hölderlin) 77
den Atem haben wir 65
der Garten, funkelnd wie seine Gewässer 64
der Sternhimmel im August 50
die goldenen Demeter-Schuhe : 38
»die Kenntnis eines Dinges erzeugt Liebe zu ihm, je genauer die Kenntnis, desto brennender die Liebe« (Leonardo da Vinci) 88
die marmorne die steinkühle die vorfrühlingsgraue Zauberei . . 35
die Überrumpelung / was für 1 Wort! / oder Ernst Jandl überrascht von meinem Besuch am Morgen des 26. 4. 99 . . 86
dies dies dies dieses Entzücken ich KLEBE an dieser Erde 89
du bist ein fernes Land 13
du verläszt eine mühevolle Vogelwelt und mehr als alles 41

ein Spaziergang mit Briefen, nachts 47
eine Fuszreise ohne Ende 15
eine gelbe Gladiole 16
1. 8. 92 70

falsche Bewegung 56
fast alpenhaft, usw. 118
Flugschrift 62
Fotografie 115
5. Brandenburgisches Konzert 92
für E. J. 71
für E. v. S. 79
für Ernst Jandl 67
Furor, kupferfarbener Himmel 111

Gebirge im Krankenhaus 87
Gemüts-, nämlich Erinnerungsmorgen, tränenreich, schwankend 124
Gesang zwischen dir und mir 12
gesponnener Zucker 29

habe Bach aufgelegt 121
habe gerade die Sprache erfunden rasende Sprache 113
habe niemand wo ich liegen kann wenn 104
Hilfsromantik, etc. 68

ich habe deine Seele beschlafen : es entströmte ihr lange ein Duft von Schwermut 51
Ich lasse dich nicht du segnest mich denn 9
im Elendsquartier 27
im schweren Fellmantel ich 116
in P., Sommer '70 circa 97

Jalousie 57

Krypta 59

Liebesgedicht unausgesprochen 81

manchmal bei irgendwelchen zufälligen Bewegungen 31
Mannesalter : plötzliches Stoppelfeld 61

Maria ELLEND 94
mein Auge geht auf eine stille Reise 17
mein federäugiger Liebling! 18
mein Schäfchen mein Schäfer mein Hirte mein Königsohn . . . 26
meine Mutter mit den offenen Armen 78

oder Vermont, an Ernst Jandl 91
Ostia wird dich empfangen 24

Parlando 48
»polyphone Spur« 75
Proëm auf den Änderungsschneider Aslan Gültekin 69

Rosenfragment 58

sagt er : 100
Schirmherr makelloser Schlangenschönheit 40
Schmetterling Liebe 54
schwarzer Titel 74
Sonnenfinsternis '99 / Bad Ischl 93

tempelhüpfen 98
Todes- und Liebeslied 34
Trinken 39

und da wir wollten da uns gesellen 106
und schaufelnd VERNARRUNG Gebirgsknoten im Haar
eine Winterschneise 82
unter Bäumen Tränenmorgen 127

von Malerei 66
vor Herbst 53
vorwinterliche Vision 10

während des zufälligen Hörens eines der Lieder aus der schönen
Müllerin von Franz Schubert 123

was soll ich mit meiner Liebe tun 23
Weise im Mai 11
weiszhäutiger Sprechgesang, oder Szene Matisse 73
(»when thou liest howling«) 108
wie ich dich nenne wenn ich an dich denke und du nicht
da bist : 19
wie nennst du mich? 14
wie und warum ich dich liebe 80
Winterglück 60
wird welken wie Gras · auch meine Hand und die Pupille . . . 21
wo du auch hingehst 32
würde alles tun für dich *wenn* 120

zehr ich dich nicht auf? 37
Zeltleinen 55
zu einem Brecht Gedicht 85

Inhalt

Ich lasse dich nicht du segnest mich denn 9
vorwinterliche Vision 10
Weise im Mai 11
Gesang zwischen dir und mir 12
du bist ein fernes Land 13
wie nennst du mich? 14
eine Fuszreise ohne Ende 15
eine gelbe Gladiole 16
mein Auge geht auf eine stille Reise 17
mein federäugiger Liebling! 18
wie ich dich nenne wenn ich an dich denke und du nicht da bist : 19
wird welken wie Gras · auch meine Hand und die Pupille 21
da mi basia, da mi basia mille 22
was soll ich mit meiner Liebe tun 23
Ostia wird dich empfangen 24
als du heute weggingst mein Herz 25
mein Schäfchen mein Schäfer mein Hirte mein Königsohn 26
im Elendsquartier 27
gesponnener Zucker 29
manchmal bei irgendwelchen zufälligen Bewegungen 31
wo du auch hingehst 32
aus deinem Himmel von sanften 33
Todes- und Liebeslied 34

die marmorne die steinkühle die vorfrühlingsgraue Zauberei 35
zehr ich dich nicht auf? 37
die goldenen Demeter-Schuhe : 38
Trinken 39
Schirmherr makelloser Schlangenschönheit 40
du verläszt eine mühevolle Vogelwelt und mehr als alles 41
äolische Flaschenpost 43
ein Spaziergang mit Briefen, nachts 47
Parlando 48
der Sternhimmel im August 50
ich habe deine Seele beschlafen : es entströmte ihr lange ein Duft von Schwermut 51
vor Herbst 53
Schmetterling Liebe 54
Zeltleinen 55
falsche Bewegung 56
Jalousie 57
Rosenfragment 58
Krypta 59
Winterglück 60
Mannesalter : plötzliches Stoppelfeld 61
Flugschrift 62
der Garten, funkelnd wie seine Gewässer 64
den Atem haben wir 65
von Malerei 66
für Ernst Jandl 67
Hilfsromantik, etc. 68
Proëm auf den Änderungsschneider Aslan Gültekin 69

1. 8. 92 70
für E. J. 71
auf eine jüngst gestorbene Nachtigall 72
weiszhäutiger Sprechgesang, oder Szene Matisse . 73
schwarzer Titel 74
»polyphone Spur« 75
»deinetwegen ist . .« (Pindar / Hölderlin) 77
meine Mutter mit den offenen Armen 78
für E. v. S. 79
wie und warum ich dich liebe 80
Liebesgedicht unausgesprochen 81
und schaufelnd VERNARRUNG Gebirgsknoten
im Haar eine Winterschneise 82
zu einem Brecht Gedicht 85
die Überrumpelung / was für 1 Wort! / oder Ernst
Jandl überrascht von meinem Besuch am Morgen
des 26. 4. 99 86
Gebirge im Krankenhaus, ... 87
»die Kenntnis eines Dinges erzeugt Liebe zu ihm,
je genauer die Kenntnis, desto brennender die
Liebe« (Leonardo da Vinci) 88
dies dies dies dieses Entzücken ich KLEBE an
dieser Erde 89
oder Vermont, an Ernst Jandl 91
5. Brandenburgisches Konzert 92
Sonnenfinsternis '99 / Bad Ischl 93
Maria ELLEND 94
in P., Sommer '70 circa 97
tempelhüpfen 98
sagt er : 100

das Blechgedicht (tiefst) 101
an seiner Seite hätte ich sogar die Hölle ertragen . 102
habe niemand wo ich liegen kann wenn 104
Arpeggione 105
und da wir wollten da uns gesellen 106
Adolf Muschg antwortend : 107
(»when thou liest howling«) 108
.. als Seelenmaler, und Schmetterlinge 110
Furor, kupferfarbener Himmel 111
habe gerade die Sprache erfunden rasende Sprache 113
Fotografie 115
im schweren Fellmantel ich 116
fast alpenhaft, usw. 118
würde alles tun für dich *wenn* 120
habe Bach aufgelegt 121
aber er aber er : an gebrochenem Herzen 122
während des zufälligen Hörens eines der Lieder aus der schönen Müllerin von Franz Schubert . . 123
Gemüts-, nämlich Erinnerungsmorgen, tränenreich, schwankend 124
Alpensprache Rohrmoos 126
unter Bäumen Tränenmorgen 127
das ist das alte Jahr die Träne 128

Nachwort 129
Alphabetisches Verzeichnis der Gedichtüberschriften und -anfänge 131

Zu dieser Ausgabe

insel taschenbuch 3214: Friederike Mayröcker, Liebesgedichte. Ausgewählt und mit einem Nachwort von Ulla Berkéwicz. Die Gedichte wurden, mit einer Ausnahme, der Ausgabe entnommen: Friederike Mayröcker, Gesammelte Gedichte 1939-2003. Herausgegeben von Marcel Beyer © Suhrkamp Verlag Frankfurt am Main 2004. Für die vorliegende Ausgabe wurde die Schreibung der Gedichte aus den vierziger und fünfziger Jahren den orthographischen Gewohnheiten der späteren Gedichte angeglichen. »was soll ich mit meiner Liebe tun« erscheint auf Wunsch der Autorin ohne den ursprünglichen Titel »Lied der Medea«. Der Abdruck des bisher unveröffentlichten Gedichts »das ist das alte Jahr die Träne« erfolgt mit freundlicher Genehmigung der Autorin. Umschlagabbildung: Amedeo Modigliani, Schwarze Haare, 1918. Collection Musée Picasso, Paris